KB184891

눈사람과 염소

시작시인선 0524 눈사람과 염소

1판 1쇄 펴낸날 2025년 2월 14일
지은이 윤옥주
펴낸이 이재무
기획위원 김춘식, 유성호, 이형권, 임지연, 차성환, 홍용희
책임편집 박예솔
편집디자인 민성돈, 김지웅, 정영아
펴낸곳 (주)천년의시작
등록번호 제301-2012-033호
등록일자 2006년 1월 10일
주소 (03132) 서울시 종로구 삼일대로32길 36 운현신화타워 502호
전화 02-723-8668
팩스 02-723-8630
블로그 blog.naver.com/poemsijak
이메일 poemsijak@hanmail.net

ISBN 978-89-6021-799-7 04810
978-89-6021-069-1 04810(세트)

값 11,000원

눈사람과 염소

윤옥주

천년의 시작

시인의 말

이제는 꽃등을 켤 시간

어둡고 긴 복도를 지나
꽃대를 밀어내고 있는 끝에서

오래 참고 있던 눈물을 토해 낸다

아무도 모르는 사이
붉은 손을 내밀고 있는 봉오리 하나

한 떼의 사람들을 지나
우리는 악수하는 자세로
마주 보고 서 있다

2025년 2월
윤옥주

차 례

제2부 파란 우체통이 있는 풍경

제3부 나는 어디쯤 수신되고 있을까

제4부 우리는 모두 녹아 가고 있어요

해 설

제1부 라일락이 피면 누구의 손을 잡을 수 있나

붉은 동굴을 지나가는 잠

이른 아침
깊은 동굴 속을 흐르다 뒤척였나 보다
물속에 집어넣어진 장미꽃처럼

잠의 옷을 벗기는 울음소리가
푸른 종소리가 되어 사방으로 퍼져 간다

커튼을 열자 색이 다 바랜 겨울의 바깥에서 흰 눈이 내린다
울음에서 합주곡으로 폭풍을 견뎌 낸 창문들이 불을 켜고

잠의 어느 한구석에 남은
복숭앗빛 살갗이 빠져나간다

서로 손을 잡고 붉은 동굴을 가만히 지나기도 했다
덜 깬 잠들은 두 발을 버둥거리다가 동굴 밖으로 날아간다

달빛이 두드린 잠이
매듭을 못 풀고 아직도 뒤척인다

손목에 리본이라도 묶어 줄 것을

그냥 별이라고 읽는다
멀미하듯 누군가 긴 철길을 건너갔다

철鐵이 박힌 뼈에서 푸르스름한 빛이 흘러나왔다

개에게 의족을 물어뜯기고 어둠 속을 기어갈 때
사내의 무릎이 멈췄던 막다른 건널목

중환자실 침대는 눈부신 통증으로 가득하다
오늘 아침에는 인공심장을 달고 있던 한 사람이
흰 천으로 덮여 나갔다

희미한 블라인드 안으로 푸른 안개가 스며들었다
눈을 감고 안개 속을 헤매고 있는 거친 호흡들

며칠째 철길 밖에서는 철사 같은 비가 쏟아지고
화장터, 붉은 철문 안으로 관 하나를 밀어 넣는다

철이 박힌 한 사람의 뼈가 화염 속으로 빨려 들어갔다
누군가 쉰 목소리를 내며 허물어졌다

>

하나의 행성이 한순간 사라지고
불빛들 환한 자리에
몇 개의 철심과 나사들만 뒹굴었다
하얀 눈들이 수북이 쌓여 있었다

생전에 강철 같던 정신은 모두 그곳이 종착지
절름거리던 생生이 철심鐵心만 살아남아
환하게 그을리고 있었다

개기월식

당신은 푸른 입김으로 녹여 낸 말을 달이라고 한다

물고기의 운명이 그림자로 흘러 들어온다

밥상에서 검은 구름이 소용돌이친다
아가미를 껌벅거리며 지구가 달을 집어삼킨다

중력은 한 사람의 심장을 뚫고 지나갔으므로

어둠이 마무리될 때까지 그림자는 서로를 갉아먹는다

당신의 말은 달이 사라지자 사나워진다

보름날, 그림자 하나 달빛에 기대어 우는 것을 본 적 있다

당신의 입가에 검붉은 피가 묻어 있다
그날 밤 어둠 속에서 무슨 일이 일어났는지

달의 배후는 감정이라고 생각한 적 있다

>

과수원에서 그림자들이 하나씩 사라져 간다 배꽃 속으로

어제의 그림자는 한 사람이어도 가능하지만

맹세는 두 사람이어야 파고들 수 있다

중력이 그림자 사이를 뚫고 지나간 뒤에도
부부는 둘이 만드는 하나의 그림자

그러므로 부부는 아득한 사이라고 쓴다

기척

팡팡 터지는 불꽃놀이가 있고

어디론가 끝없이 달려가는 날들이

나도 모르는 흉터처럼 생겨나고

웅성거리는 말들이 겨울을 만들었다

새 옷을 입으면서 날마다 폐기되고

지금 막 물 밖으로 탈출하는 초록 물고기가 있고

저 언덕 위 오두막은 영원히 시들지 않는다

건초 더미 속에 감춰 둔 일기장을 뜯어먹던 당나귀가

기적처럼 잠이 든 새벽,

창문을 흔들며 오토바이와 함께 폭주족의 굉음이 지나가고

>

그럴 수밖에 없는 곳에서

불꽃이 땅으로 떨어지며 먼지가 되고

비둘기 한 마리 한 발로 서서 졸고 있다

초록 물고기가 날아오르고 구름이 지나간다

대륙의 아이

아기의 몸에서는 천 년 전 말 냄새가 난다
말을 오래 끌고 가듯이

몸 위에 말발굽이 지나간 흔적이 있고
가까이에서 유목민들의 말 모는 소리가 들려온다

아기는 이미 발목을 잡혔고
등과 엉덩이도 세게 맞았다

한 여인이 무릎 꿇고 몰두하는 시간만큼
아기의 몸 위에 생겨나는 크고 작은 대륙들

그 대륙에서 흘러나온 말발굽 소리를 듣고
드넓은 초원에서 말들이 뛰어나올 것 같다

한동안 아기는 말 울음소리를 버리지 않을 것이다

불빛 환한 창문 밖에서 사람들은 수군거렸다
그 많은 말발굽들은 대체 어디에서 오는가

>

몸에서 빠져나간 말발굽들은
높이 솟구쳐 올라 어디로 사라져 가는 걸까?

조금 후 왼쪽 겨드랑이 근처에서
신대륙 하나가 더 발견되고 다시 그곳으로부터
수많은 울음소리들이 흘러나왔다

광장엔 모서리가 없다

나는 죽은 자의 발자국으로 살아왔다

어느 곳이나 모서리에 바람이 있었다
내가 방문한 도시마다
광장은 눈부시게 출렁이는 묘지
사람들이 깃발처럼 광장에서 펄럭였다

약속도 없이 물결처럼
모래바람이 모여드는 광장
6월의 꼭짓점마다

처음으로 죽음을 남기는 일이란
얼마나 기념비적인 혁명인가

광장은 총알 자국을 남기고 평화롭지만
비둘기는 그날의 그림자를 피해 걸어 다녔다

갑자기 호루라기 소리와 함께
수많은 깃발들이 한순간 말끔하게 치워졌다
미처 그곳을 빠져나가지 못한 안경 하나만 남아

찌그러진 몸으로 떨고 있었다

그 넓은 광장을
거대한 핏물로 쓸어 낸 것처럼
그 많던 함성들이 사각의 모서리로 사라져 갔다

광장엔 모서리가 없다

그때 광장 근처를 장례 행렬이 지나가고 있었다
노을빛에도 검게 썩어 나갈 비둘기의 행렬처럼

아프리카, 파프리카

1.

파프리카엔 아프리카가 숨어 있다

탱탱한 근육질의 엉덩이도 있다
초원 위를 달리고 있는 파프리카의 행렬들

수풀 속에 숨어 있는 검은 그림자도 있다

어제의 얼룩말들이 식탁 위에서 깨어난다

혼자 말없이 먹는 저녁
순간 사자 한 마리가 재빠르게 창밖을 지나간다

문을 열면 낭떠러지가 펼쳐져 있다
얼룩말의 거친 호흡 소리가 들려온다

2.

파프리카를 한 입 베어 문다 끝없이 푸른
초원이 불어나듯 핏물이 흘러내린다

>

파프리카가 구르는 곳에서 초원의 검은 반점들이 일렁인다
굴라시*의 거친 호흡으로 밤은 완성된다

혼자 아프리카를 먹는 저녁
파프리카들은 얼룩말 곁에서
허기를 지운다

얼룩말들이 거대한 생의 중심을 옮기고 있다

천장에 남십자성을 매단 채
파프리카의 식탁이 둥글어지고 있다

* 굴라시Goulash: 큼직하게 썬 쇠고기에 파프리카를 넉넉히 넣어 오래 끓이는 헝가리 전통 요리.

눈물 화석

빛들이 화살처럼 어둠을 뚫고 들어올 때
나는 오랜 잠에서 깨어났다

기억은 부드러운 손길에 의해 발굴된다
슬픔은 하얗고 가지런한 이를 가졌다
입술이 만들어 낸 거짓말처럼

흙더미가 무너질 때 곤충과 함께 묻혔다
늘 갈증이 일었다 슬픔이 사라지면 자주 입을 벌리곤 했다

내가 갇힌 곳은 내가 태어나기 전처럼 아늑했고
억만 겁의 시간을 가진 먼지들이 쌓여 있었다

나와 함께 갇혔던 곤충은 어느 틈에 부서져 하얗게 가루가 되고
그 자리에 날개의 흔적만 남았다 가끔씩 주변의 나뭇잎들이 흔들렸다
부서지지 않기 위해 나는 돌 속에서 계속 중얼거렸다

어느 날 환한 빛들이 날아와 온몸으로 쏟아졌다

사방을 두리번거리고 있을 때 어디에서 온 물결인가 나는

너무나 오랫동안 홀로 출렁거렸으므로
퀴퀴하고 비릿한 냄새가 흘러나온다 오래된 눈물처럼

봄은 아직 도착하지 않았다

빈 화분들이 모였다
봄은 아직 도착하지 않았다

밤하늘 시리우스에 고요가 모여 있는 것처럼
공터는 빈틈에 새살을 채우고 있었다

오래 만나지 못한 사람들은
옛 마당의 흙냄새를 떠올리며 자주 꽃씨를 뿌렸다

먼 산책길에도 불빛이 필요할 때는
운명 같은 별들이 떠올랐다
봄을 준비하는 입술처럼

언제부턴가 화분이 있던 자리에서
수취인 없는 편지들이 뒹굴기 시작했다

발이 추운 사람들이 하나둘 사라져 가고
더 이상 안부는 들려오지 않았다

봄이 와도 어머니는 자주 제비꽃처럼

길을 잃었다 공터에
보랏빛 울음 하나 걸려 있고
가끔씩 그 겨울의 숨소리가 들려왔다

꽃들이 다 사라진 뒤에야
나는 아직 눈 뜨지 못한 꽃구름을 찾아 나섰다

빈 화분 속에서 초승달처럼
몸이 가늘어진 어머니가 걸어 나왔다

맹인 안내견

어떤 질문은 개와 함께 펼쳐진다
딱딱하고 정확하게
발을 버린 지팡이처럼

정류장 몇 구간을 지나는 동안
찬 바닥에 무릎 꿇고 있다
엎드린 채
자신의 흔적을 핥고 있다

납작해져야 하는 것이 이해되지 않는 듯
래브라도 귀를 쫑긋 세우고
꺾인 무릎만큼 단호해진다

유기견처럼 목줄이 없이도
모든 눈동자는 속도가 낮아지는 쪽으로
기울어진다

집을 나온 어느 날
걸음이 뒤섞여 눈앞이 희미해질 때
현실 밖으로 나갔는지 안내견이

이유도 없이 컹컹 짖는다

눈곱 가득 낀 눈을 감고
지난 시간 속으로 실족하고 있다

손을 떠난 지팡이처럼
버려진 약속처럼
비닐봉지 하나가 길 위에서 굴러다닌다

어떤 질문은
눈이 먼 개를 데리고 다니는 사람처럼
오랫동안 바닥에 남아 있다

벽시계는 고래의 시간에 멈춰 있고

한쪽 모서리가 덜컹거리는 서랍 속에 푸른 꿈들이 부서지는 바다가 있어요 수평선 한 마리 누워 꿈틀거려요 사각형의 방 안에 물안개가 자욱할 때마다 나는 살며시 서랍을 열어 보곤 해요 어디선가 끼룩끼룩 울음소리 들려오고 눈앞에서 사라지는 고래 한 마리가 보여요 저 큰 아가미는 내가 걸어왔던 길들을 다 빨아들일 만큼 거대하군요 두 눈을 감고 나는 심해를 상상해 보곤 해요 그러나 다시 서랍을 열면 이제는 늙어 버린 고래 한 마리 바닷속 바위틈에 엎드려 있어요 가르랑거리며 가난으로 늘 허기졌던 시절, 눈물이 나오려 할 때마다 눈앞에 뿌연 고래가 나타났어요 뱃속의 파도들을 뱉어 내며 고래 한 마리 커다란 지느러미를 흔들고 있네요 그 지느러미들은 내가 밑바닥까지 닿아 본 흔적을 사방에 흘리고 다녀요 나는 바닷속 깊은 곳에서 끝내 이름을 밝힐 수 없는 어둠을 펼쳐 놓고 울곤 했어요 당신이 생각날 때마다 서랍을 열면 죽은 시계가 있고 나를 혹처럼 매달고 있는 고래 한 마리가 보여요

그만큼의 거리에서

밤의 뼈들을 따뜻하게 보낼 수 없어서
나는 하루를 쓰고 당신은 밤을 낭비한다

눈앞에 발 없는 길이 펼쳐진다
너무 많은 계절이 완성된다

일정한 보폭으로 걸어가는
밤의 고리에 꼬리가 깊숙이 물려 있다

나는 얼굴을 내밀고 당신은 등을 보이며

한 송이 한 송이 나아가던 사랑도
끊어지지 않는 그만큼의 거리에서
한 그늘, 잠시 쉬어 가는 거다

일정한 간격으로 박음질되는 자작나무 숲
나는 생의 이면裏面까지 깨끗한 흰 건반을 칠 생각이고

당신은 꿈의 머리맡에서
더욱 깊어지는 사람이 된다

라일락이 피면 누구의 손을 잡을 수 있나

발끝을 세우고 눈을 흘기는 사람을 지나
해변을 걷는다

여기서는 먼 데를 내다보듯이 걷는다

흔들리는 어둠과 불빛이 서식하는 계절
모래성 같은 어깨가 다정해진다

살구 향 비누로 손을 씻는다
라일락이 피면 누구의 손을 잡을 수 있나

세상을 제대로 읽지 못하는
눈먼 그대는 빗방울이 되어
검은 그림자를 끌고 지나간다

꽃 이름 하나를 곱씹으며 해변을 걷는다

어제의 날씨는 흐림이지만 내일은 달빛 정원을 꿈꾸며
한 얼굴이 내 발자국 파일을 스캔하고 있다

>

그녀의 얼굴을 꺼내어 라일락에 헹군다
거울 밖 부위를 소독하듯이

가까울수록 발뒤꿈치에는 모래알이 묻어 있다

빗방울이 내게로 와서
바다와 하늘은 푸르다

러브버그

허공에 중독된 벌레들,
벌레들

마치 사랑 밖에 모르는 것처럼
사랑이 영원할 것처럼

사랑만 하다가 죽을 것처럼
숨이 턱 막힌다

이 세상을 벌레들이 다 잠식하고 있다는
일기예보

전력 질주 하고 싶었던 사랑과
여름이 지나가고

벌레가 만든 감정은 맨드라미 위에서
해바라기 위에서 빛나다 시든다

튼살을 만지는 것처럼
지난 사진 속 바위처럼 굳어 가고 있는

>

허구적인 이 세상의 러브버그들

봄이 오면

우리는 봄이 오면 마음의 창틀에
일그러진 기억의 그림자를 걸어 두고
자주 들여다본다

몇백 억 광년을 날아온 별빛 하나가
마침내 새로운 두 눈에서 반짝인다

비가 봄의 속눈썹 위에 내려앉아
온종일 속살거리고
어떤 물음들은 젖은 몸으로 떨고 있다

도시를 배회하던 사랑이
마지막 밤을 꽉 물고 놓아주지 않는 것처럼

서서히 척추가 휘어져 가는 시간 속에서
오늘도 몸을 뒤척이는 별이 있다

제2부 파란 우체통이 있는 풍경

우산 속에서 오늘을 지울래요

사과를 깎다가 칼날이 손가락을 스쳤다

지문은 골짜기가 가득하다 그곳으로 붉은 피가 흘러들었다

물 깊은 곳을 지날 때는 환한 불꽃이 일었다

수화기를 타고 흘러온 낙숫물 소리가

한동안 그치지 않았다 무릎을 구부려도

퉁퉁 불어 있던 양철 지붕이 녹슨 어깨를 들썩이기 시작했다

수화기를 내려놓고 나는 무릎 속으로 기어 들어갔다

깊은 밤에는 언제나 나팔꽃이 봉오리를 오므렸다

하루 종일 우산이 되어 주던 눈동자들도 서로를 밀어냈다

비가 방문을 열고 후려칠 때는 방 안에서도 우산을 썼다

우산 속이 핏물처럼 따뜻했다

엘베강 43번지

그녀가 입을 열자 한 줄기 강물이 쏟아져 나왔다

나는 그녀가 펼쳐 놓은 물속으로 걸어 들어가 은빛 물고기들을 건져 올렸다 꿈틀거리며 고여 있던 비릿한 어린 시절을

암퇘지가 출산을 하는 날이면 축축한 우리 안에서 몸을 웅크리고 있던 열 마리의 쪽잠과, 갓 태어난 탯줄을 묶어 주던 예닐곱 살 곱은 손가락과, 낮에는 방직공장에서 일하고 밤이면 눈물로 얼룩져 있던 청춘의 보따리를

똘뚝 너머에는 주막이 있다는데,
그날따라 기분 좋다고 한잔하러 간 아재도
늘 혼자 지내던 더벅머리 늙은 총각도
똘뚝을 건너던 사람들은 왜 아직까지 돌아오지 못하는지

그날따라 오두막 불빛은 그렇게나 요염했다는데

농사꾼 자식은 왜 늘 땀에 절어 몸이 추처럼 물속으로 가라앉는지, 똘뚝은 지금도 깊은 속내를 보여 주지 않는다 오랫동안 강물이 흘러갔어도

문이 열릴 때마다 돌아다보는 얼굴이 있고 술안주는 하나에 오백 원, 두 개만 시켜도 푸짐하다는 엘베강은 지금도 힘차게 잘 흐르고 있는지

한 소녀의 기억이 전설처럼 펼쳐지는 똘뚝은 아직도 강물 속으로 사람들을 끌어당긴다는데

마흔 셋, 자그마한 그녀의 몸속 어느 곳에 그토록 거센 물길이 숨어 있었는지 그 작고 여린 손가락으로 탯줄을 묶어 주던 돼지우리 안의 밤처럼

어떤 기억은 좀처럼 흘러가지 않는다

오래된 사과

오래된 사과는 자신의 생몰 연도를 모르고

헤아린다, 한쪽 볼이 흩어지듯 흘러내린다

산안개가 숨어들고 젖은 눈에 별을 심어 놓던 날

블랙박스의 메모리 안에는 출처 불명의 사과꽃이 담겨 있었다

누군가 흘리고 간 풀잎과 함께

사방으로 흩어지던 텅 빈 숨소리를 아무도 모르리라

과수원에 밤이 올 때마다 꽃들의 심장은 부풀어 오르고

지나가던 바람이 낡은 책장을 넘기고 있다

삶은 빽빽한 문장에 밑줄 하나 긋는 일

사과는 밤마다 한 번 더 차오르기 위해 안간힘을 쓴다

>

비탈의 시간들을 헤아리듯

밤하늘에 바람이 숨겨 놓은 숨소리들이 고여 있다

벨루가 이론

달빛수족관에 가면 벨루가가 파도 없이 살고 있다

매일 밤 여자는 빛으로부터 벗어나는 꿈을 꾼다
꿈속에서만 그녀의 아가미는 상처를 지우듯 싱싱하다

벨루가는 늘 잠들 수 없는 유리벽 뒤에 멈춰 있다
물속에서는 상처도 자유롭다는데

발치에는 휠체어가 먼 길 떠나는 얼굴을 내밀고
그 위를 아라베스크 무늬가 노도怒濤의 발톱을 덮고 있다

침대 위에서 아가미를 가늘게 떨며 잠이 든 그녀가
불가능한 꿈을 꾸는 날이면 가슴지느러미에 푸른빛이 돈다

링거가 공기 방울을 주입하는 수면 아래
벨루가는 흰 배를 드러내고 그녀에게서 더 멀어진다

형광등 불빛 아래 벌거벗은 채
먼바다로 밀려가는 작은 배 한 척의 힘으로
몸 안의 기포들을 뽑아내는 동안,

>

소금기 빠진 물고기처럼 부풀어 오르고
그녀가 끝없이 헤엄쳐 가는 시간
머리부터 발끝까지 충혈된 통증을 밀어낸다

모든 상처는 심해로 내려갈수록 부력이 생긴다

Bee Dance

나의 고백은 젖은 신발을 신고
빌딩과 빌딩 사이를 정처 없이 걸어요

문을 열고 일터에 들어가기 전
불심검문이 있어요 암호는 비 댄스
유니폼을 입고 손바닥을 비비며 엉덩이를 흔들어요

아홉 계단을 거슬러 날아오르는 일벌처럼
하루 종일 밀랍처럼 굳어 가는 시간 속에 얼굴을 파묻고
혀로 입술을 적셔 가며 오랜 꿈들을 빨아들여요

얼마나 오래 고개를 숙이면
쿰쿰한 냄새는 사라지고 레몬 향기가 날까요?

우리가 가끔씩 페로몬을 발사하는 것도
동료들을 불러 모으는 것도
누군가의 발꿈치에 묻어온 레몬 향 때문이에요

푸른 꿈을 펼치는 일은
하나의 네모난 방을 중심으로 동그란 원을 그리며

하루 종일 돌고 도는 일

우리 모두 함께 비 댄스
유니폼을 입고 손바닥을 비비며 엉덩이를 흔들어요

19세기식으로 밤이 출렁인다
—페로제도에서

현악 3중주가 울려 퍼지는 미키네스
예배당 창문 너머로 바위섬이 흔들린다
흔들의자에 앉아 뜨개질하는 여인들
털옷을 입은 아이들이 음악 소리에 맞춰 흔들린다
고래 사냥 중인 남자들이 배 위에서 며칠
흔들리다 집으로 돌아오면 오랜만에
욕조 안에서 소금에 절여진 몸이 출렁인다

담장 없는 마당의 빨래들이 세찬 바람에 흔들리고
대대로 사육되는 양 떼들과, 양치기 개의 털들이
섬의 적막 속에서 출렁인다
창문들은 19세기식으로 흔들리며 늙어 간다 서서히
양들의 감정은 절벽 위에서도 출렁인다
한여름에도 옷깃을 여미는 일은
신들의 호흡이 흔들리는 탓일까?

화려한 장식이 달린 전화기가 고요를 흔들면
나는 먼 곳에 있는 그대에게 흔들린다
안개 공원에서 흔들린 적 있는 사랑과
비둘기보다 무거운 에스프레소 한 잔

꽃무늬 소파와 런치 박스 사이에서 나는
한 사람을 생각하며 출렁인다
미키네스에서 당신의 뒷모습으로 서 있는 절벽은
퍼핀의 날개들로 흔들린다

내가 머릿속에서 신들의 정원을 펼쳐 보는 동안
바이킹의 후예들이 이 섬의 전설로 흔들리듯
보가르섬 여인들과 치맛자락과 돌무덤,
저녁 종소리가 안개 섬을 오랫동안 흔들고 있다
나의 여행길은 신들의 마을을 출렁이며 지나간다
마그누스 대성당 집행자는 끝내 모습을 보여 주지 않는다

파란 우체통

양고기가 구덕구덕 말라 가는 헛간을 지나면

진한 안개를 밟고 미끄러진 적 있는 우체통이 있다

더듬더듬 써 내려가던 그 시절의 편지는 우슬이 되어

희미하고 먼 어느 창문에 가 붙어 있다

눈가에서 말라 가는 잠자리 날개

잡을 수 없는 세계를 이어 주던 길목을 기웃거리고

안개를 딛고 서 있는 낭떠러지 앞에서

우리는 조심스럽게 발을 내딛는다

청동거울의 뒷면으로 저녁이 온다

구부러진 길에 도화지의 파란 물감이 굳어 있다

>

나는 어디쯤 수신되고 있는가

지평선은 소실점을 향해 길어지고

사방으로 울려 퍼지는 예배당의 종소리

홀로 창가를 서성이는 편지들이

잠자리의 날개를 지나 내게 도착한다

아비뇽의 골목

노란 우산을 잃어버린 여름, 아를의 태양은 쏟아지는 바늘처럼 살갗을 파고들었지 따가운 햇살에 등 떠밀린 이방인들은 지중해가 내려다보이는 골목으로 뛰어들었네 그곳에는 검은 골목이 고양이처럼 숨어 있었지 몇 발자국 걷다 보면 끝나는 골목, 창문마다 이정표처럼 활짝 핀 해바라기가 초여름을 열었네 구시가지를 관통하던 햇살이 꽃의 골목들을 낳고, 빛과 어둠 사이를 비좁은 시간들이 흐르고 있었지

길은 누군가를 설레게 할 기억들로 길게 이어졌어 문득 당신은 라벤더의 미로 속으로 걸어 들어갔고 무슨 일인지 한동안 나오지 않았네 나는 보았어 길 위에 떨어져 있는 빨간 손수건을, 낯선 골목은 오랫동안 당신의 온기를 지켜 주려고 한쪽으로만 길을 내주었지 누군가의 몸에서 벗어나는 순간 사라지고 마는 꽃향기에 대한 허밍, 우리는 수없이 쓸려 오고 밀려가지만, 어느 길목에서는 꽃의 시간을 잃어버리고 말았지 나는 가물가물한 꿈 하나 가슴속에 품고 보랏빛 꽃밭 사이를 거닐었네

밤을 견뎌 낸 라벤더꽃이 환하게 피어나네. 그 꽃길 따라 한참을 올라가면 지중해의 백야가 펼쳐지지 우리는 그곳에

앉아 대낮처럼 환한 밤하늘을 올려다보았어 갑자기 내 몸이
아코디언처럼 두둥실 떠올랐지 백야에는 나이 많은 악사가
달빛을 켜지 누군가 맨발로 춤을 추었고, 그때 당신의 볼 위
로 보랏빛 음악 같은 것이 반짝였네 우리는 말없이 붉은 지
붕들과 올리브나무 그늘 사이로 막막하게 스며들고 있었지

파랑을 따라 꽃이 피네

가을이 바다를 들고 당신의 절벽 근처를 서성일 때

서쪽으로 너와 나의 저녁이 지네

파도가 밀려가는 자리로 영혼의 줄무늬가 새겨지네

몰아치던 바람 한 줄기 지나가고

꽃 한 송이 파도에 툭 떨어지네

수평선과 당신의 등 뒤로

입동의 밤보다 어둠은 더 길어지고 달과 별도 더욱 적막해졌네

당신의 해안선을 따라 내 무덤은 늘고 줄어

절벽을 향해 부서지는 파랑의 심장들

시시각각 대답이 바뀌는 시간 속으로 오래된 울음 꽃이 피어나네

칸나가 칸나를 지우며

닿을 듯 말 듯 옆집 오빠가 인스타를 가르쳐 준다 칸나가 일기를 훔쳐보고 있다 귓불에 닿는 숨결이 파도를 탄다 늦은 밤 누군가 마케팅을 부탁한다 심호흡을 움켜쥔 채 대화방이 쏟아지고 노트북이 버퍼링을 시작한다 얼굴 대신 묻고 싶은 댓글이 어두워질 때까지 커피는 식지 않는다 한 번도 얘기한 적 없는 별풍선이 하얀 날개를 펼쳐 들고 날기 시작한다 칸나가 버킷 리스트의 목록을 들여다보는 동안 불행이 불만처럼 모니터에 뜬다 검색창의 꽃들이 한 줄의 문장 끝에서 붉은 자막을 날리고 있다 깊이를 짐작해 보듯 신규 회원들이 포인트보다 먼저 달려온다 그날 이후, 0세대와 1세대가 대화방에서 사라진다 어제의 창밖에서 칸나가 일기를 뜯어 먹고 있다 한때 꽃은 부탄가스를 움켜쥐고 조용하다 행간이 문장을 질질 끌며 모든 준비를 끝낸다 화형일 수밖에 없는 칸나가 시스템을 종료한다

란사로테섬으로 가요

붉은 노을이 불판 위에서
노릇노릇 구워지고 있어요 불쾌했던 진실이

너무 뜨거워
한 방향으로만 향하는 눈빛을 멈출 수 없어요

더 이상 물러설 곳 없을 때 비로소 걸음을 멈추고
당당하게 뿌리 내리기로 해요
가파른 절벽 끝에서 노래하는 카나리아처럼

잔혹하도록 고요한 란사로테섬
깜깜한 땅속에서 숨겨 둔 마음들이 모락모락 피어오르는

손끝에 만져지는 모래바람의 진실들
의혹에 발목 잡힐 땐 뜨거운 용암이 필요해요

온몸이 화상을 입는 순간에도
외면할 수 없는 두근거림의 영역

조금 전부터 우리의 와이너리는 시작됐어요

발걸음마다 가득한 설렘으로

달콤했던 얼굴들 비명을 지르고
지루하던 생이 붉은 포도 향에 꿈틀거려요

장마

살금살금 뒤를 밟던 그림자, 앞마당의 장미꽃이 담장을 뒤덮었다 거위 울음소리와 몸통 굵어진 시간들이 상처가 나도록 함께 굴러다녔다 우리는 달빛에 물든 살구를 사이좋게 나눠 먹었다 지난 기억이 쌓여 가는 새벽이면 길어진 풀들의 귀를 잡고 속삭였다

희미한 어둠을 뚫고 기적 소리 같은 것이 나뭇가지를 흔들며 지나갔다 밤을 건너면 꿈의 줄기는 어디론가 사라지고 없었다 깊은 주름이 있는 작고 둥근 씨앗 하나가 이 세상에서 전부였다

지루한 장마가 씨방 안에서 자라고 있던 것들을 뿌리쳤다 그것들은 빗소리와 함께 바닥으로 스며들었다 살굿빛 열매의 시간들은 포대 자루에 담겨 어딘가로 실려 나갔다 빈집에서 잘 익은 살구 몇 개를 따 먹었을 뿐인데 그날 밤 온몸에 열이 오르고 밤새 뒤척였다

깜깜한 하늘에서 땀방울 같은 것들이 무수히 쏟아져 내렸다
살굿빛 비밀이 가득한 살구들

내 이름이 무엇이었는지 알지 못한 채 울컥울컥 고요했다, 살구는

낡은 시계가 귓속을 서성일 때

불면의 시간들이 서서히 블랙홀 속으로 빠져든다

동굴 같은 기억 속으로 낯선 얼굴들이 뛰어들고
가까스로 잠이 든 사람이
여름의 긴 징검다리를 그림자 없이 건너고 있을 때

목구멍을 빠져나오던 소리 하나
끊어질 듯 힘겹게 몸을 뒤척인다
어떤 쥐들은 잠의 머리맡에서
밤새 불면의 등을 다독이면서 앓는 소리를 낸다

우리는 근원을 알 수 없는 소음에 귀 기울이느라
일생을 허비하는지도 모른다

벌떼들은
가끔씩 귓전에서 윙윙거리다가
누군가를 영원한 고독 속에 가둬 두기도 한다

주파수가 맞지 않는 시간들이
하수구 구멍으로 스며들어 시궁창 냄새가 되고

사방은 방범창을 두른 채 스스로 고립되어 간다

꽃의 환청 속으로 사라져 간 사람이 있다

믿었던 사랑이
어둠 속에서 하얗게 지워지고 있다

치자꽃 향기가 있는 계단

마음 한편의 얼굴도 모르는 그늘은
늘 접혀 있는 계단이지

꽃그늘 아래 초점을 잃고 흔들리는 눈동자처럼
눈부신 해변에서 자라나는 환영처럼

기다리라는 말과 덜컹거리는 의자가 어느 날 흉기로 느껴질 때
눈을 감고 꿈을 꾸듯 무지개 하나를 그려 넣는다

한 방향으로만 읽히는 두꺼운 책은 누구도 건드릴 수 없는 영역
이 길을 벗어나고 싶어 밤새 책을 읽으면 가지마다 꽃을 매달고
강변의 노을은 나를 끌어안는다

내게 있어 서쪽으로 향하는 마음이란
그날의 저녁노을 같은 것

누가 치자꽃을 심어 놓았나

문이 잠깐 열렸다 닫혔을 뿐인데

바닥으로 떨어지는 유리잔 같은 마음일 때
꿈인 듯 눈앞에
비상계단 하나 펼쳐진다

그날의 사랑은

나는 긴 담벼락에 낙서를 하면서
어둠의 계단 끝에 도착했네

그날의 사랑은 고지를 빼앗긴
한여름 밤의 전투

불만은 늘 예측할 수 없는 곳에서 터지지
어떤 이별은 가늠할 수 없는 폭약을 안고
꽃의 안부를 맴돌다 참호 안으로 뛰어드네

영문도 모르고 사선 위에서 나팔꽃이 수척해지고
나는 오래되고 희미해진 편지들을 불태우네

우리의 사랑은 멀리서 다정한 편은 아니었네
폭약을 장전하지도 않은 채

눈동자 안에서 서걱거리던 눈빛들
철수하듯 갈라진 발등 위에서 흩어지네

오래된 편지는 작전지도 같아서

환한 달빛 아래서 펼쳐 보고 싶네

사랑의 전쟁은 끝이 나도 부비트랩처럼 보이지 않아
누구도 이길 수 없는 전투였네

나는 사랑이란 전쟁터에 철조망을 둘렀네
능선 안의 꽃들이 표적 밖에서
폭발하듯 번지네

제3부 나는 어디쯤 수신되고 있을까

가을의 구멍

그녀의 몸속에는
이해할 수 없는 구멍들이 많다

심장은
낙엽이 기울어지는 쪽으로 두근거리고

붉은 노을 속으로 들어가
뿌옇게 변한 눈동자는
모퉁이를 도는 순간 자꾸만 초점을 잃는다

물안개가 끼듯 문장이 희미해지는 것은
그녀가 가을의 울음을 눈감아 준 것임에 틀림없다

구름이 몸 안으로 들어와
솜사탕처럼 가벼워지는 것은

아름다워라
출처도 없는 이유들이 가을의 무수한 구멍 속에서
뿔을 갈고 있으니

두 볼이 꺼지는 눈부신 어둠으로

낯선 얼굴들이 온다

새 울음소리 나뭇잎 위로 번지면
은사시나무 잎들이 배를 뒤집으며 깔깔거릴 때

미래가 없는 표정들과
표정을 바꾼 얼굴들이

박수 소리로 가득한 내일을 도모하고 있어요
누군가 바닥에 넘어진 발자국들을 발로 차며 지나가고

몸이 무거운 새들은
자꾸만 어둠 속으로 빨려 들어가요 침몰하는 배처럼

관중을 뒤집으면
수면 위에서 손을 흔드는 풍경이 되고
애인은 이름을 부르면
왜 눈앞에서 사라지는 걸까요?

갑자기 날아드는 풍경에 낯선 얼굴들은
그토록 잇몸이 만개할까요

나는 흉터에 가장 가까워진 문장

공원 벤치 위에 양복을 입은 남자가 잠들어 있는데, 나는 흉터에서 가장 먼 곳으로 날아간다 눈에 가시를 단 채 폐지를 줍는 노파가 고양이처럼 웅크리고 있는데 나는 안 보는 척 선글라스를 쓰고 멀어진다 눈이 빨간 고양이가 아기를 업고 뒷마당으로 사라지면, 나는 흉터에서 가장 먼 곳을 떠올린다 오래전에 가출한 어린 소녀가 짙은 화장을 하고 검은 골목 안에서 뛰쳐나온다 지난날 나는 너무 철이 없고 집을 나올 때마다 길을 잃는다 맹인이 횡단보도 한가운데에서 지팡이를 희번덕거리고 있는데, 나는 이미 왔던 길을 다시 되돌아가고 있다 쪽방촌 노인이 매미들 짝짓기 소리에 밤마다 몸을 뒤척일 때 나는 상처에서 가장 먼 곳에 닿는다 지하철 분홍 의자에 앉은 여자의 무릎 위에 메모지가 놓이는데 폭설이 내리고, 나는 끝까지 감은 눈을 뜨지 않고 이 세상에 없는 길을 생각한다 선로 옆에서 맨발로 서 있는 해바라기들이 풍문을 퍼뜨리고 있다 그럴 때마다 나는 내려야 할 정류장을 지나치고 약속 시간에 늦어진다 지금 우리들 중 누군가 인공 눈물을 흘리다가 눈알이 빨개진다

슈베르트의 시간

흩어져 있는 계곡 옆에서
흰 머플러를 두른 피아니스트는 느리게 숨을 쉰다

긴 손가락의 질감을 따라
그는 붉어지는 노을을 가졌다

흰 목덜미와 비둘기와 환해진 정수리가
한 방향으로 깊어진다

지붕이 출렁거릴 때마다
바위 위에 흰 눈이 날아와 쌓인다

그는 모래처럼 사방으로 흩어지고
젖은 손바닥이 가끔씩 환해진다

흰 바위틈에서 검은 파도가 물결치며 올라온다
그가 열 손가락을 움직일 때
바람은 가파른 계단 위에서 물방울 맺힌 속눈썹을 갖는다

겨울을 날아온 새들이

날개를 파닥이고 있는 동굴 속
얼어붙은 손들이 서로를 움켜쥔다

나뭇가지마다 사방은 알 수 없는 표정으로 출렁거리고
몇몇 이파리들이 마지막 숨을 고르고 있다

숲과 피아니스트 사이
서로를 껴안으려고 눈송이들이 분주하다

달과 오렌지의 감정

노인이 오렌지를 들고 달을 바라본다

달빛을 입고 있는 어깨가 오렌지 속으로 기울고
노인은 무언가를 중얼거린다

떨리는 손으로 오렌지에 칼날을 겨눈다
껍질의 깊이만큼 사방이 움푹 파인 칼끝에서
달의 등줄기가 스며 나온다

노인이 뚝뚝 달의 껍질을 뜯어 먹는다
껍질은 한 조각씩 떨어져 나가는 독백을 닮았다

입을 오물거릴 때마다
잇몸 사이로 빠져나가는 알갱이들
노인의 눈동자가 빗방울처럼 흐려진다

등뼈가 굽은 침대에서 구르던 날들

달빛 쏟아지는 언덕에서 노인들이
서로의 미래에 달의 조각을 넣어 준다

>
울컥했던 온갖 시름들이 순간 사라진다

다시 외출을 시작하는 노인처럼
시고 달큼한 저 달의 질문 앞에서

소행성 B201호

그녀는 머리 위에 사과를 올려놓고
달의 가파른 언덕으로 올라간다
행성 주위로 분홍색 베이컨이 돌고 있다

때때로 별자리는 죽음에 몸을 누인다

시계視界 밖으로 페르세포네*는 사라지고
조금씩 궤도를 이탈하는 행성 안에서
스멀스멀 피어오르는 곰팡이들

반지하 행성에는 하데스**를 닮은 곰팡이들이 늘어 가고
빛을 이기지 못한 사람들은 지하로 스며들었다

지난여름 물난리를 겪은 세계는
유물 같은 벽지를 뜯어내고
지하로부터의 탈출을 꿈꾸기도 하지만

전갈들이 출몰하던 시절부터
페르세포네의 붉은 행성을 야금야금 갉아 먹으며

>

밤마다 봄을 향해 촉수를 뻗어 나가는
검은 꽃들이 있다

지금 어둠 속에서
곰팡이들의 은밀한 거래가 시작되고 있다

* 페르세포네: 그리스 신화에 등장하는 봄과 씨앗의 여신, 지하 세계의 여왕이며 하데스의 아내.

** 하데스: 그리스 신화 속 저승, 지하 세계를 다스렸던 남신. 플루톤이라고도 불렸다.

메아리로 살아가기

보아요, 저 구불구불 오솔길을 빠져나가는 새 한 마리

허공에 파문을 일으키며 환하게 피어나는 불꽃들을

앞서가는 사람을 애타게 부르는 소리를

어떤 산봉우리들은 서로 등 떠밀며 풍경들을 넘고

아무도 귀 기울여 본 적 없는 이야기들이 바위틈을 타고 흘러내려요

가끔씩 침대 속으로 찾아오는 구름처럼
한쪽 다리가 없는 새처럼
나를 찾아오는 슬픈 음악이 있어요 그럴 때마다 심장이 먹먹해져요

갓 태어난 소문은 난간에 세워 놓은 달걀 같아서
잘못하면 금방 깨지기 쉬워요 동전처럼 구르다
비릿한 냄새를 풍기며 낭떠러지 아래로 사라져 가요

>

우리가 다급해진 마음으로 수제비를 뜨면
물속에 있던 진땀들이 수면 위로 떠올라요

우물 같은 표정을 감추고 당신이 메아리가 될 때마다
나는 어둠 속에서 끝없이 펼쳐지는 계단이 되지요

방금, 메아리들이 빨갛게 익어 가는지
바위 하나가 입을 쩝쩝거리네요

죽은 물고기를 주머니에 넣고

겨울은 가로구요 봄은 세로예요
둘이 맞닿는 곳에서 구름은 항로를 이탈하죠

눈앞의 발들이 사라질까 봐
우리는 날마다 새로운 난간에 매달리고
광장에 모이면 입과 코를 막아요

거리를 활보하던 이름들이
어항 속 물고기가 되어 네모 안에 갇혀 있어요

딱딱해진 혀로 가득한 섬

고향을 잃어버린 사람들이 마스크를 쓴 코끼리처럼
코를 빠뜨리고 집을 나섭니다

구름의 마음을 읽는 일은
유통기한이 지워진 통조림처럼 난해하군요

파산된 빗방울에는 늘 골목을 서성이는
발자국이 있고

꽃들은 현관문을 닫는 순간 비로소 안전하지요

몰려드는 소나기를 피해
문안으로 다급하게 들어선 신발들

촛불을 켠 밤은
어느 저녁이 쓸쓸히 거두어 갔을까요?

읽다 만 페이지

내 몸속에는 희미해진 나비 한 마리가 있다

그것은 아주 먼 지난날의 이야기

완성된 나비를 현미경으로 가만히 들여다보면
수많은 노동을 통과한 날개의 이력이 보인다

야간 근무가 며칠째 이어지던 날, 나비 한 마리
마른기침을 하던 내 늑골 속으로 숨어들었다

한쪽 귀퉁이가 접혀 있는
나비의 한 페이지를 펼치면
아무도 모르게 눈앞이 흐려지는 붉은 꽃잎들

컨베이어 벨트 속에 갇혀 있던 소음들이
방금 구운 빵처럼 부풀어 오른다

두 뺨을 물들이며 찾아오던 오후의 신열들

울타리 안에서 피어나던 칸나의 입술이 더욱 붉어진다

>

오래전 늑골 속으로 날아든

나비 한 마리,

해마다 X-ray 불심검문에 걸리고 만다

그을린 인형

숲속에 인형 하나가 버려져 있다
그곳을 벌목공이 지나갔다

삼나무 숲이었다
인형은 연기에 그을렸고
검은 비가 내리고 있었다

한참을 머뭇거리다가 누워 보는 일은
혼자 걷는 사람들의 오래된 습관
날마다 고개가 왼쪽으로 조금씩 기울어지는

백 년 전 숲속의 삼나무처럼
벌목공은 백 년 동안 이어져 온
잠을 떠올렸다

사람의 발자국을 잃어버리고
그해는 산안개 자욱한 숲에서
잠시 죄책감에 잠들었다 인형의 젖은 등에 기대어

삶이란 날마다 꿈꾸는 인형에 심장을 눕히는 일

>

벌목공은
삼나무처럼 울창했던 가계家系를 떠올리며
한 그루 추위를 모르는 나무가 되어 가고 있었다

벌목공은 늘 숲을 향해 귀를 열어 놓았고
숲은 어리석은 귀를 자꾸 막아 주었다

그날 밤,
그의 머리맡에는 구름 모양의 인형이 놓였다
검은 톱날이 인형의 그림자를 피해 돌아 나갔다

어둠 속 배롱나무

닫힌 괄호 안으로 흰 그림자가 지나간다

막차는 떠났는데
기다리고 있는 것이 무엇인지

간이역마다 경적을 남겨 두고
사람을 지나 저 터널 너머로

돌아갈 곳 없는 가방이 홀로 남아 새벽을 기다린다

아무리 기다려도 기차는 오지 않는데
어둠을 뚫고 사람이 올 거라는 믿음 하나

그가 지나친 수많은 사람이 층층으로 교차하는
관심과 무관심 사이
철길 너머로 신호등이 멈춰 서 있다

사선의 빛으로 비둘기 떼가 날아오르는 듯
어떤 향기가 스치며 지나간다

>

기린의 목을 가진 꽃들은 아직도
붉은 심장 안에서 두근거리고 있는데

내일이 와도 멀리 날 수 없는 비둘기들
한동안 기다리는 것이 무엇인지 잊은 채
역사 안의 정물이 되어 있다

막차를 놓치고 정지된 시간
다시 길을 기다리는 여행자가
배롱나무 그림자를 끌어안는다

다시 새로운 곡이 시작된다

신호가 바뀌는 것처럼
하늘이 환한 눈빛을 거두고

새 그림자 하늘을 날고 있다
새털구름 흩어져 있는 하늘에 비행운이 펼쳐진다

잡았던 손을 그리워하며 뒤돌아보면
석양 아래 다른 손을 잡는 무수한 그림자들

'철새들이 부리가 찢긴 채로 지평선을 넘어가고 있어'
허공의 목소리가 들린다

돌아갈 길을 놓쳐 버린, 앨범 속 새 한 마리
멜로디 갈피마다 묻어나는 음악

도라지 위스키 한 잔과 선풍기에 빛바랜 남자와
그 여름날의 그림자가 더욱 깊어질 때

다시 돌아갈 수 없는 길 위에서
거친 손바닥으로 쓸어 보는 이별의 무늬

>

한 세계가 끝나면 다시 한 세계가 시작된다

새 한 마리, 다시 날아오르기 위해
채 마르지 않은 날개를 활짝 펼치고 있다

백야, 그리고 양 떼들

아슬아슬한 절벽 위의 양처럼
종족을 번식하는
초록의 바람 앞에서

뿌연 유리창처럼 스며드는 적막

밤이 오면 이방인들과
온몸이 상처투성이가 된 길들과
그들만의 회색 섬이 남는다

늘 젖어 있는 바람 소리는
창틀과 함께 늙어 가고

비탈에 서면 위태롭던
두 발

양 떼는 내 귓가에
둘이라는 숫자를 새겨 놓고

붙잡고 싶던 시간들은

구부러진 길 하나와
문 없는 집을 데리고

세상에서 가장 아름답지만
가장 고독한 길을 건너간다

백야의 연속이다

장롱에 살던 공작새

공작새 날개 몇 조각 떨어져 나간
버려진 장롱이 어느 골목 모퉁이에 세워져 있다

연못은 이미 말라붙었고
갇혀 있던 시간 속에서 어느덧 늙어 버린
어머니의 장롱은 우리들의 놀이터였다

언니는 숨바꼭질하다가 장롱 안에서 웃음을 터트렸고
동생은 엄마의 스타킹을 신고 여울목 안에서 잠들기도 했다
처음 교복을 입던 해에 나는 첫눈을 기억하려고
손바닥만 한 눈사람을 장롱 깊숙이 숨겨 두었다

눈보라 치던 겨울, 나는 끈질기게 몰려오던 입덧에
아버지의 무덤처럼 배가 부풀어 올랐고 어머니는 자주
장롱 속에 연못이 있다고 말했다

언젠가부터 장롱 안에서 누군가의 기척이 들렸고
서랍 속에서 새들이 잠을 뒤척이기도 했다

깨진 유리 거울 틈새로 지나가는

추수를 끝낸 달빛 한 줄기

모두가 잠들고 추억만 깨어 있는 시간
연못의 그림자를 끌고 오래전 사라졌던 아이들이
그 안에서 걸어 나오고

장롱 문을 살며시 열자 꽃무늬 옷 한 벌이 걸려 있다
누가 그곳에 공작새의 날개를 감추어 둔 것일까?
그토록 찾아 헤매던 무지갯빛 시간들을

이제는 빛이 다 바랜 꽃무늬 옷을 입은 그녀가
응급실 침대 위에서 거친 숨을 몰아쉬고 있다

모래시계

온몸에 가시를 두르고 건기의 밤을 견딘다
여기는 불면의 사막

멍든 무릎이 선글라스를 쓰고
오늘 밤은 전갈자리 하나를 건널 것이다
지나온 길을 하얗게 지우며

밤의 상한 잎사귀들, 더듬거리는 걸음으로
횡단보도를 건너고 있다
눈꺼풀 아래에는 소용돌이치는 감정이 있다

호리병 속 누군가 모아 놓은 시퍼런 독
오욕五慾의 그림자는 굶주린 배를 다 채울 때까지
쉽게 끝을 보여 주지 않고

내가 나를 쓰다듬던 까만 밤
밤마다 나는 거꾸로 서는 배경이 되어 간다

숨겨 둔 가시들이 곧 순해질 거라고 믿으며
나를 사막 위에 펼쳐 놓고

제4부 우리는 모두 녹아 가고 있어요

소원 인형

인형에게 얼음으로 만든 속눈썹을 달아 주면서부터
해빙의 시간들이 흘러내리고 있다

어떤 기억은 발 디딜 공간을 잃고 어둠 밖에서
한없이 가벼워지기도 한다

긴 속눈썹을 달고 빛의 속도로 달아나는
사랑처럼, 내일을 볼 수 없는 거울 하나 붙들고

언젠가는 푸른 불꽃을 숨기고 타인이 되기 위해
사랑을 하고 무거워지기도 한다

긴 드레스를 자르고 환상의 속도로 달아나는
이별처럼

꽃은 어떤 시간들을 견디고 있을까

아직은 일몰 전이므로
그림자는 나의 안식처다

코스모스를 떼어 낸 자리에
아직 식지 않은 흔들림이 남아 있다

감정은 밤이면 낯선 언덕으로 걸음을 옮기고

커튼처럼 쏟아지는 햇살 사이로
날아가며 번지는 꽃향기의 유물들

황홀하게 피어나던 언덕 너머
새들의 노래는 이미 그곳에 없다

어떤 장면은 얼마 남지 않은 시간의 옷가지들을
서둘러 거둬들이고

나는 해 지는 지평선에서 중심을 잃고
서서히 검은 옷으로 갈아입는다

>

오래 두근거리기 위해 책갈피 안으로
뼈를 감춘 꽃잎 하나
무덤 속 부장품인 듯 묻혔다

책장을 펼치자 먼지처럼 가벼워진 얼굴 하나가
꿈꾸듯 누워 있다

어떤 밀서는 바람의 주소를 잃어버리고
비로소 눈 밑 그늘을 내려놓는다

꽃병이 있던 저녁

식탁 위에 꽃병이 놓여 있다
꽃병은 서른 살 여인을 닮았다

식탁에게도 휴식이 주어질 때
꽃병은 몸에 알록달록한 무늬를 새겨 놓고 있었다

우리들은 얼마간의 화해가 필요했으므로
어머니의 행주로 자주 꽃병을 닦았다

밥을 먹거나 국자가 필요할 때에는
우리는 어머니를 떠올렸고
국자 속에는 식은 별들이 떠 있었다

어느 날부턴가 꽃병이 있던 자리에 국자가 놓여졌다
국자 속 별들은 사라져 갔고 더 이상 보이지 않았다

어머니는 자주 꽃병처럼 넘어지고 길을 잃었다

겨울 밤하늘에 국자 하나 걸려 있고
그 속에 아기가 잠들어 있다

>

꽃병 무늬 속 구름들이
어디론가 다 사라진 뒤에야
비로소 우리는 바닥에 놓여 있는 꽃병을 바라보았다

꽃병을 기울이자
그 속에서 어머니가 오래된 국물처럼 흘러나왔다

눈사람과 염소

눈사람이 염소 곁에 배경 화면처럼 서 있다

눈사람은 눈이 부실 때마다 염소 뒤로 숨는다

갈증이 날 때 염소는 눈사람을 조금씩 뜯어 먹는다

염소가 눈사람의 심장을 입속에 넣고 우물거릴 때

그렇다고 눈사람이 눈을 감고 있는 것은 아니다

한 사람이 에스프레소를 마시며 창밖을 바라본다

눈사람은 염소의 입안에 휘파람처럼 고여 있다가

눈을 깜빡이는 순간 조금씩 사라져 간다

귀를 열고 살아요

체면 안에 갇혀 있는 사람을
세상 밖으로 불러내는 주문 같은 말

귀를 열고 살라는 말은
미처 거두지 못한 유산처럼

어쩌면 사람이 살아가면서
사람을 끌어안고 싶었던 유언 같은 말

내가 던진 말 한마디가 누군가를 뾰족하게 만들고
다 끝나기도 전에 거슬리겠지만

나를 향한 화살이 날아올지라도
우리는 귀를 열고 살아야지

과거로부터 지금에 이르기까지
누군가를 자꾸만 밀어내는 삶은

닫힌 귀 쪽으로 열려 있었네

푸앵트

발끝으로 서 있는 발레리나
삶의 묘기처럼

자신의 그림자를 에워싸며 돌고 있다
살과 뼈를 받아 내는 바닥 위에서
발목을 휘감아 도는 눈보라

무대 위 발레리나는 검은 발톱을 감추고
굳은살을 뿌리 삼아 가볍게 떠오르는 중이다

자신의 그림자로 갑피를 두른 슬픔이
무거워진 몸으로 무대 위를 날고 있다

내가 발가락 사이로
망설임의 나날을 흘려보내는 동안

어린 발레리나는 생살이 찢어지는 고통을 견디며
발톱을 구부린다
어둠 위에 착지하는 고양이처럼

>

가녀린 몸이 둥글게 휘어진다
시위를 당긴 활처럼

발레리나의 발가락은
밤이 깊어갈수록 바닥을 파고들고

발톱이 휘어지는 각도만큼 슬픔은 단단해진다

검은 발톱들이 도시를 떠다니는 밤,

생은 바닥으로 추락하지 않기 위해
발톱으로 원형 계단을 만들기도 한다

불거진 그림자가
발등에 난 힘줄을 가만히 들여다보고 있다

꽉 매 놓은 매듭이 풀릴 때

제대로 그릴 수 없는
사람의 마음을 그려 본다

한 사람의 마음을 지우고 지우다가

옆자리에 떨어진 나뭇잎에도 마음이 있을까
아득해지다가

끝내 당신에게 보여 주고 싶지 않은 그림

그 후로도 무릎 꺾이는 일은 자주 있었고
해마다 늦가을은 누군가를 떠나보내는 것처럼
빈 의자만 남겼지만

나는 무릎 꺾이고 넘어졌던
그날의 풍경이 자꾸만 떠오르네

만져지지 않는 풍경 속 골똘해진 생각 하나가
오래 묵어 깊어진 홀수의 감정을 주머니에 넣는다

>

의심의 눈초리로 바라보다 뻥 뚫려 버린 구멍,

그 속에서 흘러나오는 종소리를 듣는다

어둠이 내리는 산사에 종소리가 울려 퍼지듯

다정하게 첫눈이 온다

연꽃처럼 환한 흰 눈 오신다

우리는 모두 녹아 가고 있어요

눈을 뜨니
길고양이가 발등을 핥아 주고 있네요

아침은 차갑게 흰꽃으로 열리고
따뜻한 꿈은 언제나 먼저 와 머리맡에서 기다리지요

흐릿한 세상에 눈이 쌓이면
세상의 어둠은 점점 아늑해지고

숨바꼭질하기 좋은 사람들이 계속 태어나요
길들지 않은 밤이 하얀 이불처럼 끝없이 펼쳐져요

누군가의 하루처럼 몇 해째 눈은 탄력을 잃고
짝 잃은 신발처럼 통증에 부서지고

온기 없이 피지 않는 꽃으로 사람들이 멀어져 가요
서서히 녹고 있는 눈사람처럼

염소와 눈사람

염소는 머릿속에 뿔이 가득 차서 눈사람에게 묻는다

눈사람은 무덤처럼 뿔이 없다

염소가 모자를 벗을 때마다 뿔이 거칠게 자라난다

도무지 미래를 가늠할 수 없어 염소가 뜬눈으로 밤을 새울 때

곁에서 눈사람이 흐느끼는 소리를 듣는다

잠시 뿔이 스쳤을 뿐인데 내일은 어떤 뿔로 기다려야 할까

눈사람은 여전히 뿔이 없다 겨울 뿔이 조금씩 짧아진다

둘은 눈이 내리는 밤에 서로의 눈을 바라보면서

오래오래 뿔에 대해 생각했다

화요일의 안전화

안전화 하나
빌딩 숲 허공에서 불안하게 줄을 타고 있다

간밤에 누가 담벼락에 그림자를 두고 갔는지
실금 사이로 검은 뿌리들이 보인다

뿌리는 늘 벽 뒤의 그늘이 궁금하다

두 눈에 초점을 잃고
화요일의 바닥 위를 뒹굴고 있는
안전화 한 켤레

안전 표지판을 배경으로
뽑혀 나온 뿌리는
더 이상 사람들의 관심을 끌지 못한다

무너져 내린 콘크리트 더미 속
철근을 벌리면 비스듬한 신발 뒤축 너머에
눈꺼풀 무거운 잠들이 돌아눕는 새벽이 있다

>

어떤 이는 새벽에 일어나 마루에 앉아
뿌리가 가득한 안전화를 신는다

바닥으로 떨어져 내린 해고된 걸음과,
뿌리 뽑힌 신발은 지나온 길 쪽으로 몸이 휜다

누군가 주워 와 베란다에 놓여 있는 안전화 한 짝
비로소 안전하다는 듯,
품 안의 어린것들을 힘껏 끌어안는다

노란 팬지꽃들,
선잠에서 깨어나
사방을 두리번거리고 있다

돌려막기 게임

시간이 흐를수록 생의 잔고가 늘어나듯
숨통이 트인다는 것은

새의 울음에는 절박한 시간도 묻어 있어
언젠가는 소리 없는 꽃들이
몸보다 먼저 화답하겠지만

장기 전세 대출금과 함께 늙어 가던
오래된 해바라기처럼

어느 날 문득 가벼워지는 계절들도 있겠지

우리가 살아가는 동안
비가 오면 우산을 펼쳐 들듯

돌려막기로 한 달을 살아가는 사람에게
숨통을 틔운다는 것은
어느 텃밭의 잡초들을 뽑아 내는 일과 같지

조등의 그림자처럼

한 사람에게 머뭇머뭇 다가가
주변을 환하게 밝혀 주는 일은

리페어

나는 아직 도착하지 않은 바퀴
너는 길을 벗어난 유령

차선을 벗어난 바퀴가 밀입국자의 얼굴로 달려온다
뒤도 돌아보지 않고 과속하는 날개로

눈보라가 세차게 몰려오던 날
거칠 것 없던 속도들이 하얗게 질려 있다 종잇장처럼

날 수 없는 것들 종착지에서 피를 흘리겠지만
그들의 삶은 늘 눈꺼풀이 무겁다

눈을 감고 있어도 오랜 기다림으로
다시 찾아올 희망을 기약하며

죽은 듯 놓여 있던 무당벌레
재활용 더미에서 찾아낸 녹슨 부품을 몸에 달고
다시 예전의 혈색으로 돌아가고 있다

식어 가는 사랑도 피가 있으면 다시 뜨거워질 수 있듯이

내일을 기약할 수 없어도 우리 심장이 살아 있다면

각자 다른 길을 걷던 사랑도
이곳에 가면 다시 한 몸으로 섞인다

사라진 소문

산길을 들어서는 누군가의 뒷모습이 보인다
길은 끝나지 않는다

길 위에 있을 때 그는 늘 자유로웠고*
발자국이 닿은 길은 지도 속 산이 되고 강이 되었다

깊은 산속에서 길 잃은 골짜기는 직선이 되고
어미를 잃고도 노루의 길은 부드러운 눈으로 덮였다
밤이 깊어 갈수록

오백 년을 살아온 성벽은
사방으로 흩어지고 먼지처럼 일어섰다

철새는 이름 모를 능선 위에서 길을 잃고
소나기를 피해 들어간 동굴 속에는
흰 나방들이 날고 있다

폭설의 두려움 너머 꼬리를 감춘 마을은
마음에서 마음 사이로 번지듯 사라졌다

>

그 많던 발자국들은
지금은 어디에서 쌓이고 있는 걸까

백로 한 마리 강물의 그림자에 얼굴을 파묻고 있다

* 대동여지도를 만든 김정호의 삶을 빌려 옴.

겨울나무

한 사람이 한 사람에게서 지워지고 있는

진눈깨비가 날린다

사람과 사랑이 잘려 나간 자리에

거미줄 같은 표정들이 매달려 있다

가지 끝에 헐벗은 외투만 남은 겨울나무

입을 벌리고 얼굴을 찾을 수가 없다

나는 어느 빈방의 환청에 누워 있었던 것일까

흰 눈은 통증만큼 흩어지고

밤을 벗어난 사람들 2월의 비에 놀라

>

차가운 몸이 사방으로 흩어진다

나는 통증 곁에서 나날이 어른스러워지고 희미해져 가고

표정은 불규칙해진 비명에 단단해지고

겨울옷이 없는 몸으로도

절개지를 지나간다 점점 깊어지고 있는

몇 겹의 감정, 겨울바람에 거친 손등을 내민다

고양이의 봄

고양이 한 마리가 추위에 얼어 죽은 까치를

이리저리 굴리며 놀고 있다

날카로운 이빨과 떨어져 나간 깃털이

사방으로 흩어진다

일필휘지로 쓴 백지 한 장

감겨 있던 동공이 스르르 열린다

봄이 오는 고도에서

먼저 몸을 열어 준 적 있는 들판

머리도 없는 전리품을 구석으로 옮기는 조용한 이사

고양이가 겨울을 넘는다

>

죽은 까치의 영혼이 땅속에서 별로 돋는다

짝을 찾는 고양이 울음소리에

개나리 울타리가 환하다

해 설

오래된 사과와 파란 우체통이 있는 풍경

—윤옥주 시집 『눈사람과 염소』에 대하여

김재홍(시인, 문학평론가)

언젠가부터 사람들은 시가 무엇인가를 할 수 있고 또 해줄 수 있다는 것을 믿지 않기로 한 것 같다. 시를 읽는 독자들이 줄어들었다거나 시집 판매량이 터무니없이 줄었다는 세간의 사정을 말하는 게 아니다. 그것을 넘어 아예 시 예술에 대한 근본적인 불신이 확산되고 있는 듯하다. 희망이든 절망이든 기쁨이든 슬픔이든 시를 통해 한 시대의 분절점을 기록하던 일을 이제 더는 볼 수 없다. 시적 언어에서 동시대의 예민한 감각을 찾고, 시인의 영혼에서 시대를 관류하는 선구자적 시각을 읽어 내던 문화를 볼 수 없게 된 것이다.

예나 이제나 시인은 "외롭고 높고 쓸쓸한"(백석, 「흰 바람벽이 있어」) 생을 견디며 살아가고 있으나, 바로 그 때문에 세계의 가장 낮은 데서 솟아오르는 어떤 근원적 갈망과 회한과 염원을 시화詩化할 수 있었다. 시인의 영혼을 통과한 언어는 언제나 동시대의 가장 예민한 내적 감각을 표현했다. 한 사람의 언어가 백 명의 마음에 가닿고, 한 편의 시가 천 명의 가슴을 두드렸다. 그리하여 외롭고 높고 쓸쓸한 '시인 부락'의 언어가 골목이든 대로든 광장이든 가리지 않고 스며들었다.

그러나 내면보다는 외양에서 재미를 찾고, 내적 성찰보다는 외적 표현에 가치를 두는 현대인들은 애써 웅숭깊은 시어를 해석하려 들지 않는다. 시는 더 이상 시대의 표징도 아니고 미래의 예감도 아니다. 어쩌면 그들에게 시는 가장 둔감한 백치어白癡語가 되었는지 모른다. 때문에 이제부터라도 시가 무엇인가 찾아 나서야 한다면, 그것은 바깥이 아니라 내부이리라. '나서는' 게 아니라 '들어가는' 일일 터이다.

시는 처음부터 즉물적 세계에 대한 반응이 아니었다. 시는 본성적으로 보이지 않는 것에서 보이는 것을 찾고, 오지 않는 것에서 올 것을 기다리는 마음의 표현이었다. 그러므로 안으로 안으로 파고드는 시의 본성에 충실한 운동을 재개해야 한다. 시가 자세를 바꿔 사람들의 기호를 좇는 일은 없어야 한다. 그렇게 될 때 시는 다시 동시대의 가장 예민한 감각이 되어 골목과 대로와 광장에 퍼져 나갈 것이다.

윤옥주의 이번 시집『눈사람과 염소』가 보여 주는 세계는 내면적 언어로 입체화한 명징성의 구현체라고 할 수 있다.

「오래된 사과」가 있고 「파란 우체통」이 있는 세간의 현실을 감각적 시어로 재구성하는 동력은 낭만적 자각이다. 그것은 하늘에서 지상으로 내리고, 지상에서 천상으로 솟구치는 수직의 길과 다르지 않다. 아무 말 없이, 그러나 쉼 없이 천상과 지상 사이를 진동하는 생이 인간의 본질임을 낭만적 자아의 내면은 통절히 깨닫고 있다. 그런 점에서 윤옥주의 명징성은 완벽히 내부적인 것이다.

아프리카, 파프리카

슬픔도 슬픔만은 아니며 기쁨도 기쁨만은 아니다. 윤옥주에게 생은 이항 대립의 한 측면으로 인식되지 않는다. 세계는 결코 둘로 나눠지지 않는다는 것이 자신의 시적 선언인 양 작품들은 일견 모순돼 보이는 가치들이 서로 뒤엉키거나 갈마드는 양상을 일관되게 표현하고 있다. 우리는 너무 빠르거나 느린 것을 인식할 수 없다. 너무 매운 것도 단 것도 신 것도 짠 것도 감각할 수 없다. "아기의 몸에서는 천 년 전 말 냄새가 난다"(「대륙의 아이」)는 표현은 일상적 시간관념을 무너뜨려 감각할 수 없는 것을 감각하는 초경험적 시구가 된다.

그것은 천 년 전과 오늘이 구별되지 않고, 아기와 말이 연결되어 있는 초경험적 세계이다. '구별되지 않고', '연결되어 있는' 세계는 어느 것도 둘(혹은 셋)로 나뉠 수 없는 일원

론적 세계이다. "파프리카엔 아프리카가 숨어 있다"고 말하는 「아프리카, 파프리카」는 이를 더욱 멀리 밀고 나간다. 시간과 공간이 뒤섞이고, 파프리카와 얼룩말의 이미지가 날카롭게 엇갈리고 통합되고 다시 튕겨 나가는 무한 운동을 보여 주고 있다.

1.
파프리카엔 아프리카가 숨어 있다

탱탱한 근육질의 엉덩이도 있다
초원 위를 달리고 있는 파프리카의 행렬들

수풀 속에 숨어 있는 검은 그림자도 있다

어제의 얼룩말들이 식탁 위에서 깨어난다

혼자 말없이 먹는 저녁
순간 사자 한 마리가 재빠르게 창밖을 지나간다

문을 열면 낭떠러지가 펼쳐져 있다
얼룩말의 거친 호흡 소리가 들려온다

2.
파프리카를 한 입 베어 문다 끝없이 푸른

초원이 불어나듯 핏물이 흘러내린다

파프리카가 구르는 곳에서 초원의 검은 반점들이 일렁인다
굴라시의 거친 호흡으로 밤은 완성된다

혼자 아프리카를 먹는 저녁
파프리카들은 얼룩말 곁에서
허기를 지운다

얼룩말들이 거대한 생의 중심을 옮기고 있다

천장에 남십자성을 매단 채
파프리카의 식탁이 둥글어지고 있다

—「아프리카, 파프리카」 전문

보다시피 우글대는 감각과 무너진 시공간과 비틀어진 물상들의 요동치는 뒤섞임이 현란하기까지 하다. 이는 단선적 비유거나 표면적 의미의 연쇄가 아니다. 세계를 새롭게 인식하는 낭만적 각성이자 그것을 재구성하는 도저한 시적 욕망의 표현이다. 파프리카 안에 아프리카가 있고, 수풀 속에 그림자가 있다. 시적 화자가 저녁을 먹는 곁으로 사자가 재빠르게 지나가고 낭떠러지가 펼쳐져 있는 공간이다. 그리고 얼룩말의 거친 호흡을 따라 푸른 초원은 핏물로 흐르는 시간이다. 공간과 시간의 뒤틀림, 모두 매우 감각적인

내면의 양상들이다.

시인은 굴라시Goulash란 '큼직하게 썬 쇠고기에 파프리카를 넉넉히 넣어 오래 끓이는 헝가리 전통 요리'라는 각주를 달아 놓았다. 각주의 아카데믹한 공식성이 시적 표현이 가진 역동성을 침해하지 못한다. 파프리카는 "얼룩말들이 거대한 생의 중심을 옮기"는 경험할 수 없는 경험을 가능케 하는 중심축이다. 그러나 굴라시가 그렇듯 모든 것이 뒤섞여 살이 풀어지도록 '잡탕'이 되는 무경계의 일치를 완성하는 축이다.

무엇이 시인의 내면을 이토록 강렬한 비틀림의 세계로 만들었는가. "지구가 달을 집어삼키"(「개기월식」)고, 슬픔이 "하얗고 가지런한 이를 가졌다"는 사실을 깨달았기 때문이리라. "부서지지 않기 위해" 돌 속에서 계속 중얼거릴 수밖에 없는 생을 인식했기 때문이리라. "오래된 눈물처럼"(「눈물 화석」) 시인은 화석에서 슬픔의 영원회귀를 보았으므로 모든 것이 연결된 강렬한 비틀림을 경험했을 터이다.

그냥 별이라고 읽는다
멀미하듯 누군가 긴 철길을 건너갔다

철鐵이 박힌 뼈에서 푸르스름한 빛이 흘러나왔다

개에게 의족을 물어뜯기고 어둠 속을 기어갈 때
사내의 무릎이 멈췄던 막다른 건널목

중환자실 침대는 눈부신 통증으로 가득하다
오늘 아침에는 인공심장을 달고 있던 한 사람이
흰 천으로 덮여 나갔다

희미한 블라인드 안으로 푸른 안개가 스며들었다
눈을 감고 안개 속을 헤매고 있는 거친 호흡들

며칠째 철길 밖에서는 철사 같은 비가 쏟아지고
화장터, 붉은 철문 안으로 관 하나를 밀어 넣는다

철이 박힌 한 사람의 뼈가 화염 속으로 빨려 들어갔다
누군가 쉰 목소리를 내며 허물어졌다

하나의 행성이 한순간 사라지고
불빛들 환한 자리에
몇 개의 철심과 나사들만 뒹굴었다
하얀 눈들이 수북이 쌓여 있었다

생전에 강철 같던 정신은 모두 그곳이 종착지
절름거리던 생生이 철심鐵心만 살아남아
환하게 그을리고 있었다

—「손목에 리본이라도 묶어 줄 것을」 전문

한 사람의 몸이 화염 속에서 이승에서의 기억을 지우는

순간, 그와 함께 생의 비틀거리는 걸음을 걸어온 철심은 차마 떠나지 못하고 "불빛들 환한 자리"에 남았다. 그 자리에는 "푸르스름한 빛"이 있고 "하얀 눈들이 수북이 쌓"인다. 밖에는 철사 같은 비가 쏟아지고…… 매우 구체적인 화장火葬의 모습과 시적 화자의 형언할 수 없는 내면의 슬픔이 완전히 교직되어 있다. 표현과 의미의 혼융이라는 기교적 차원이 완벽하게 조화를 이룬 작품이다.

평생 장애를 갖고 살아 온 한 시인은 때가 되어 "마지막 불꽃 속에서/ 벌떡 일어나 앉거든/ 박수와 환호를 부탁"한다며 "나를 가둔/ 고집 센 몸뚱이 벗어던지는/ 그 감격 뜨거워 불춤 추는"(김교환, 「나와 함께 불춤을」) 거라고 말했지만, 그 통렬함만큼 "손목에 리본이라도" 묶어 주었어야 했다는 자각은 처연하기만 하다. "생전에 강철 같던 정신은 모두 그곳이 종착지/ 절름거리던 생生이 철심鐵心만 살아남아/ 환하게 그을리고 있었다". 그렇지 않은가. 우리 모두의 종착지, 그곳에 리본을 달자.

엘베강 43번지

윤옥주의 이번 시집에는 시공간의 운동과 그 속에서 벌어지는 자연 사물과 생명체들의 뒤섞임과 비틀림이라는 연속성의 사유가 곳곳에서 드러난다. 그러므로 "오래된 사과는 자신의 생몰 연도를" 몰라도 "밤하늘에 바람이 숨겨 놓은 숨소리들”(「오래된 사과」)을 품에 안을 수 있고, 벨루가는 '달빛수족관'에 가면 파도 없이 살 수 있다(「벨루가 이론」). 인과율을 무너뜨리는, 혹은 그것을 새롭게 구축하는 서정시 특유의 활달한 시상의 운용이 눈에 띈다.

'파란 우체통'은 어떤가. “진한 안개를 밟고 미끄러진 적 있는 우체통”은 윤옥주식 연속성의 핵심이다. 우체통은 편지와 편지를 연결하고, 사람과 사람을 연결한다. 보내는 것과 받는 것을 통합하고, 가는 것과 오는 것을 하나의 현상으로 만든다. 시인은 말한다. “나는 어디쯤 수신되고 있는가”

> 양고기가 구덕구덕 말라 가는 헛간을 지나면
>
> 진한 안개를 밟고 미끄러진 적 있는 우체통이 있다
>
> 더듬더듬 써 내려가던 그 시절의 편지는 우슬이 되어
>
> 희미하고 먼 어느 창문에 가 붙어 있다
>
> 눈가에서 말라 가는 잠자리 날개
>
> 잡을 수 없는 세계를 이어 주던 길목을 기웃거리고
>
> 안개를 딛고 서 있는 낭떠러지 앞에서

우리는 조심스럽게 발을 내딛는다

청동거울의 뒷면으로 저녁이 온다

구부러진 길에 도화지의 파란 물감이 굳어 있다

나는 어디쯤 수신되고 있는가

지평선은 소실점을 향해 길어지고

사방으로 울려 퍼지는 예배당의 종소리

홀로 창가를 서성이는 편지들이

잠자리의 날개를 지나 내게 도착한다

—「파란 우체통」 전문

소실점을 향해 길어지는 지평선의 어깨 위에? 사방으로 울려 퍼지는 예배당의 종소리 위에? 그러므로 '나'가 수신되는 곳은 무한이다. 언제나 어디서나 '나'는 송신되고 수신된다. 모든 시공에서 송수신이 이루어지는 완전한 소통의 채널이 바로 '파란 우체통'이다. 오래된 사과가 모든 숨소리들을 품을 수 있는 것처럼, 파란 우체통은 모든 연결을 가능케 하는 연속성의 핵심 상징이다. 그것은 "밤을 견뎌 낸 라벤더

꽃이 환하게 피어나"는 아비뇽의 어느 골목처럼 "빛과 어둠 사이를 비좁은 시간들이 흐르"(「아비뇽의 골목」)는 길과 같다.

그녀가 입을 열자 한 줄기 강물이 쏟아져 나왔다

나는 그녀가 펼쳐 놓은 물속으로 걸어 들어가 은빛 물고기들을 건져 올렸다 꿈틀거리며 고여 있던 비릿한 어린 시절을

암퇘지가 출산을 하는 날이면 축축한 우리 안에서 몸을 웅크리고 있던 열 마리의 쪽잠과, 갓 태어난 탯줄을 묶어 주던 예닐곱 살 곱은 손가락과, 낮에는 방직공장에서 일하고 밤이면 눈물로 얼룩져 있던 청춘의 보따리를

똘뚝 너머에는 주막이 있다는데,
그날따라 기분 좋다고 한잔하러 간 아재도
늘 혼자 지내던 더벅머리 늙은 총각도
똘뚝을 건너던 사람들은 왜 아직까지 돌아오지 못하는지

그날따라 오두막 불빛은 그렇게나 요염했다는데

농사꾼 자식은 왜 늘 땀에 절어 몸이 추처럼 물속으로 가라앉는지, 똘뚝은 지금도 깊은 속내를 보여 주지 않는다 오랫동안 강물이 흘러갔어도

문이 열릴 때마다 돌아다보는 얼굴이 있고 술안주는 하나에 오백 원, 두 개만 시켜도 푸짐하다는 엘베강은 지금도 힘차게 잘 흐르고 있는지

한 소녀의 기억이 전설처럼 펼쳐지는 똘뚝은 아직도 강물 속으로 사람들을 끌어당긴다는데

마흔 셋, 자그마한 그녀의 몸속 어느 곳에 그토록 거센 물길이 숨어 있었는지 그 작고 여린 손가락으로 탯줄을 묶어 주던 돼지우리 안의 밤처럼

어떤 기억은 좀처럼 흘러가지 않는다

—「엘베강 43번지」 전문

보다시피 여기 "한 소녀의 기억이 전설처럼 펼쳐지는 똘뚝"이 있다. 그것은 하나의 강물이 되어 사람들을 끌어당긴다. 이야기는 강물처럼 끊일 듯 끊어지지 않고 흐르고, 소녀는 암퇘지가 새끼를 낳던 날의 기억과 주막으로 간 아재와 더벅머리 늙은 총각을 기억한다. "자그마한 그녀의 몸속 어느 곳에 그토록 거센 물길이 숨어 있었는지" 기억은 소녀를 붙잡고 놓아주지 않는다. 똘뚝은 흐르는 물을 멈출 수 없지만, 소녀의 기억은 가두었다.

「엘베강 43번지」와 같은 시상은 이번 시집 곳곳에 포진해 있다. "누가 치자꽃을 심어 놓았나/ 문이 잠깐 열렸다 닫혔

을 뿐인데"(「치자꽃 향기가 있는 계단」)에서 보이는 현재와 과거의 연결이라든가, "오래된 편지는 작전지도 같아서/ 환한 달빛 아래서 펼쳐 보고 싶네"(「그날의 사랑은」)에서 보이는 사랑의 무한성에 대한 인식 등이다. 그리고 바로 이러한 시적 사유가 윤옥주의 이번 시집을 매우 개성적인 내면세계의 재구(표현)로 보이게 만드는 지점이기도 하다. 그리고,

우리는 모두 녹아 가고 있어요

세상의 모든 존재를 연결하고, 모든 가능성을 연결하겠다는 매우 의욕적인 시편이 등장한다. '녹음'의 보편성에 대한 자각이 매우 날카로운 시적 선언으로 다가온다. 그렇지 않은가. 우리는 모두 녹고 있지 않은가. 눈사람처럼.

눈을 뜨니
길고양이가 발등을 핥아 주고 있네요

아침은 차갑게 흰꽃으로 열리고
따뜻한 꿈은 언제나 먼저 와 머리맡에서 기다리지요

흐릿한 세상에 눈이 쌓이면
세상의 어둠은 점점 아늑해지고

숨바꼭질하기 좋은 사람들이 계속 태어나요

길들지 않은 밤이 하얀 이불처럼 끝없이 펼쳐져요

누군가의 하루처럼 몇 해째 눈은 탄력을 잃고
짝 잃은 신발처럼 통증에 부서지고

온기 없이 피지 않는 꽃으로 사람들이 멀어져 가요
서서히 녹고 있는 눈사람처럼

—「우리는 모두 녹아 가고 있어요」 전문

에피쿠로스의 원자는 떨어지면서 충돌한다(clinamen). 원자들은 벡터적으로 운동하지만, 이들의 방향이 모두 같지 않기 때문에 서로 부딪히며 가로지르기를 행한다. 이를 눈발의 운동으로 시각화하는 것은 얼마든지 가능한 일이고, 눈사람의 '녹음'으로 비유하는 것 또한 가능한 일이다. '사람'도 그렇다. 나아가 원자 운동의 필연성과 보편성이 눈사람과 사람의 '녹음'의 필연성과 보편성으로 연결되는 것 또한 가능하다. 그리고 이 점이 이 작품이 담고 있는 깊이임은 물론이다.

그리고 두 편의 데칼코마니 같은 작품이 등장한다.

눈사람이 염소 곁에 배경 화면처럼 서 있다

눈사람은 눈이 부실 때마다 염소 뒤로 숨는다

갈증이 날 때 염소는 눈사람을 조금씩 뜯어 먹는다

염소가 눈사람의 심장을 입속에 넣고 우물거릴 때

그렇다고 눈사람이 눈을 감고 있는 것은 아니다

한 사람이 에스프레소를 마시며 창밖을 바라본다

눈사람은 염소의 입안에 휘파람처럼 고여 있다가

눈을 깜빡이는 순간 조금씩 사라져 간다

—「눈사람과 염소」 전문

염소는 머릿속에 뿔이 가득 차서 눈사람에게 묻는다

눈사람은 무덤처럼 뿔이 없다

염소가 모자를 벗을 때마다 뿔이 거칠게 자라난다

도무지 미래를 가늠할 수 없어 염소가 뜬눈으로 밤을 새울 때

곁에서 눈사람이 흐느끼는 소리를 듣는다

잠시 뿔이 스쳤을 뿐인데 내일은 어떤 뿔로 기다려야 할까

눈사람은 여전히 뿔이 없다 겨울 뿔이 조금씩 짧아진다

둘은 눈이 내리는 밤에 서로의 눈을 바라보면서

오래오래 뿔에 대해 생각했다

—「염소와 눈사람」 전문

두 작품은 '눈사람'과 '염소'를 소재로 했으며, 어느 것을 앞세우느냐에 따라 제목이 달라졌다. 앞선 작품은 매우 시각적인 이미지의 연쇄 속에 "에스프레소를 마시"는 시적 화자의 내면을 통과한 시선이 눈사람을 거쳐 염소에 이르는 과정을 명징하게 보여 주고 있고, 다음 작품은 "눈사람이 흐느끼는 소리를 듣는" 예민한 청각의 소유자인 염소가 '뜬눈으로 밤을 새우는 것'을 보면서 "내일은 어떤 뿔로 기다려야 할까"를 생각하는 시적 화자의 내면을 명징하게 보여 주고 있다.

두 작품은 표면적 내용이 다르다. 그러나 둘이 놓여 있는 상황 속에서 쉬지 않고 교감하며 시적 화자의 내면에 어떤 메시지를 전달하고 있다. 여기서 메시지가 정확히 무엇인가를 추론하는 것은 중요하지 않다. '녹음'(「우리는 모두 녹아가고 있어요」)에 이어지는 '사라짐'(「눈사람과 염소」)과 '짧아짐'(「염소와 눈사람」)이라는 연속성을 생각하는 것으로도 충분하다.

녹음과 사라짐과 짧아짐의 보편성을 인식하는 일은 그다지 어려운 일이 아니므로.

이밖에도 이번 시집은 시인의 내면을 통과한 명징한 시편들로 가득하다. 앞서 언급한 작품들 외에도 「달과 오렌지의 감정」 「메아리로 살아가기」 「돌려막기 게임」 「겨울나무」 등 후반부에 속한 몇몇 작품들을 놓치지 말아야 한다. 그것은 '보이지 않는 것에서 보이는 것을 찾고, 오지 않는 것에서 올 것을 기다리는' 시적 본성을 충실하게 추구하고 있는 윤옥주의 시 세계를 온당하게 평가하는 길이기도 하다.

만일 이번 시집에서 '안으로 안으로 파고드는' 한 시인의 예민한 감각을 제대로 향수할 수 있다면, 어쩌면 멀지 않은 미래에는 '시적 언어에서 동시대의 예민한 감각을 찾고, 시인의 영혼에서 시대를 관류하는 선구자적 시각을 읽어 내던 문화'를 다시 볼 수 있을지 모른다.